月齢暦＊目次

熊村良雄歌集

月齢暦

明かし

憶えなき黒き模様のきもの出でて形見分けといふこともなかりし

朝宵に写真のひとよあぢさはふ孤り星にも灯をともしけり

咲《ゑ》まひゐる遺影の人のまなざしは此方に向けられてゐるとして

窓磨きたるもひそけき明るさにちかづいてくる冬空はあり

樫の木をもれる曜《ひかり》に水ごもりの何もうつらぬ眸《め》と空めくも

朝飯《あさいひ》に黄の口ひらく水仙のうつむくさまに見おぼえがある

夜なよなを庭圃《には》に出でくる二つ明かしの闇のカメラが撮りたるは何

地の星

種種《くさぐさ》の地の星ありて存在の旦《あさ》を俟つとふ　楡の夜がたり

みづがめ座うを座もゆきて空池に犇いてゐる冬の星むれ

すみやかに夏から秋へ星をかふる宵にて時をあがなふべしや

冬星の冴ゆるなりともあけくれに晴るること寡し雪国は

花八つ手　星団のごと浮かみゐる昼暗《ひるやみ》のなほそこより冥き

黄道の陽のよそながら石蕗《つは》の花の自らなるひかりと思はむ

ドガの絵の踊り子のごとカーテンのわきに鳩《あつ》まる菊の鉢花

背景

「写真館」なる名も床しきウインドーに見しらぬひとの俤飾る

画のなかへはひる心得　ベラスケスの描く確信犯的まなざし

一度《ひとたび》はふりかへりなむ聳動の　ゆふかげにゐる町の寂しさ

故郷《ふるさと》の山にあらねどとつぷりと窓のむかうに暮れの迫れり

知らざりしそのむかしより背景の新口村に降る雪なれや

てにをはを問へばかはたれどきに啼くかなかな蜩の邑《さと》近きかな

捨ておきし歌のゆくりかになりたるはたが為業《しわざ》とや人の言ひける

躇《いさよ》ふといふことのあれ夕暮れのしまひ忘れし誰が脛かは

懐郷とならむ念ひに児らが蹴るボールを弾ませてゐるならん

かつて靡きし楡ににてゐるとテレビドラマの奥処《おく》に艶かしき

時じくもテレビに映りそこはかとあすの睛《まなこ》に顕ちたるべしや

仕舞ひたる世界はありて劇場のよるの帳をたちさりかねつ

映像の世紀なりとも寝ねがてに目鼻なき顔うかむつれなき

〈沓《くつ》はあれども、主《あるじ》もなし〉とあり　沓の待ちゐるいまに誰をか

絵空ごと

探査機の撮りたる画像　月曜のなにごともなき裏側をみす

天体にかけしロープの戻らずは　幾何学は愉しきポアンカレ

美女をけす伎にも飽いて奇術師のまひる見る夢のあざらけきかな

〈文体〉にしか関心はなしと、ヴァレリーの小説論の反脣

虧けたることなき月影のひたひたと車窓に随きて離れぬあはれ

月面の宇宙飛行士動《やや》もすれば　清《さや》かなるたましひの重心

御簾はしづかに揚がるべくあらはれし者はすでに憂へを帯びたり

火の見櫓に黒衣《くろこ》あつまり重力をうしなへるかの娘を佐《たす》く

火事跡にきたりし紋白蝶《もんしろ》　操りのごとき光を曳きて翔びけり

亡き人のビデオの中にゐる不思議いつもかはらぬ箇所で手をあぐ

階段を踏みはづしたるときのまの妹背山あかるきまひるなれ

旧字は超現実にて「晝」と「畫」の天眼鏡を這ふ虫がゐる

村肝の清《さや》けき朝のニュースにも虚空粒子を見つけたりとよ

消息

風除けとおもひし黒松　車窓より花のやうに揺れるを覗《み》つるも

家ははやとり壊されて屋敷林のみのこれりと知らせてよこす

あたらしき空に目醒めて松柏の笛となるべき夜を懐《おも》へば

電話のこゑちかしと言へど裏日本　泥みこし隧道《トンネル》もあらむか

耳でよむ本と識るべし『霊異記』の雉がたちたる草叢ふかし

目裏《まなうら》に灯ともる駅の母とわれと列車たがへし夕なりしかな

高窓に夕空を焚くたち暗むさまざまの眼のあるべくかして

領巾《ひれ》ふると言へばこゑなき街の窗にも夕ぐれは音づれむもの

オリオン座あかき首星の死は永しことしも冬の果物をそなふ

をりをりの空言《そらごと》をきけ耳さとき裸木がけさの風を喪くすと

朱鷺

回心を説きしをんなの去にてより飼ひ猫が眼の妖しきひかり

羽撃けば朱鷺《とき》のたましひ明らけし覗《み》てはならぬと言ひし鳥はや

「友よ、そのしらべにあらず」とよ　われら何の縁《ふち》にか耳を押しあて
がらす窓を撃ちて去にける鴉か　よみがへりくる愛の形容《さまざま》
金曜の夜を過ぎつつ赤き灯がガレージにしまはれて瞑せり

人声のたえてむなしき家中《いへうち》にけうとき声《おと》のして冬来たる

行き方しれずのニュースも聞かざるは朱鷺《とき》の自然に復りゆくなり

鳥おひの歌はおぼえず　極彩の朝焼けや夕ばえに追はるれ

衛星放送

胸像によこさまの雪みづからの貌《かほ》がうかばぬ　院にまつ間《ま》の

たちまよふ時にあらずや日月《じつげつ》の交代もおのが名をなのりつつ

知らざらむ耳がめざむる怡《たの》しさのうたを詠めりと人に言はまし

後の世のプロメテウスか電話にて数字を買はぬかと勧めくる

声にこゑをかさぬる練達の技　衛星ニュースなどをみてをり

雪がふるたびにとだゆる昏迷の衛星放送　けさのニュースを

刺し子

列なれるくるまの雪を被りたれば行きて帰らぬものの如しも

ひまはりの頭《づ》を運びさる聖ラファエル幼稚園のバスすぎにけり

わたくしが憶えられないながき名の都市銀行に勤めをる甥

海底《うなそこ》の星をくらべむ映像の蜑女《あま》が焚き火を囲んでをりぬ

妣はふかき瞑《ねむ》りにゐるに夜おそく月が畳に坐りをりけり

綿密なる忍従にしてふゆの夜のつがるの刺し子　雪の幾何学

ほつれたるボタンつけむと針山の錆跡たどるははが針箱

めつむれば母と幼きわれふたり閻魔堂の絵を見上げゐたりし

無明とはこの世の事とをしへしか目醒ましきものこそは母なれ

ねむるまもふる雪にして目醒むればさらなる瞑《ねむ》りのあるべしや

白鳥

〈禁猟区《サンクチュアリ》〉とふ語もとほく白鳥の夜夜の息骨ましろかるべし

嗟嗟《ああああ》となに啼きかはすつねの鳥ならず　寒夜に純白のこゑ

月かげを擾乱のごと叫《おら》ぶなり無用にながき亢《のど》をもちゐむ

雪降ればなほ叫《おら》ぶなり結晶の綺の肩布《レース》を逝ける王女に

千里をもこゆなる声に千年を超えにしこゑのまぎれたるべし

月齢暦《げつれいごよみ》かべにかけおく盈ち虧けのひとに知らえぬ白珠《しらたま》ならん

潮もかなひぬと詠ひし王女《おほきみ》の　古記に誌せり〈潮満《しほみつ》の瓊《たま》〉

空の道さかひ茫としてひさかたの月神セレネの夜会に趨《はし》る

耳はたのし極道の　いや国道の遠音が攫ひゆきし濁音

「白鳥の湖」に黒鳥をりて旋回もとな　はひいろの夢

独り寝のゆかし羽交ひのごとく手をかさぬれば清貧の幻

かの夜みしプリセツカヤは何歳の白鳥ならむやなどゆくりなし

肉体の声なきこゑを聞きをへて終《つひ》の電車にともる　天狼星《シリウス》

白鳥の旅も時候のニュースとて嗚呼《ああ》いつかは惑星ソラリス

うらがへる愛の倍音　カストラートのうたふ「悲しみの聖母」
白鳥の啼けば白鳥の歌なり、ああそはかの人の空音なりや

若水

「荒魂」とこころに書けば殷殷と仏の華あらたしきみづ吸ふ

本雪になりぬと言ふころゐ　そののちは音さたもなく春の言霊

駅伝の五人抜きとよちちははに先立たぬが孝の甫《はじめ》なり

箴言のみじかきを覚《し》るマラソンの折り返しとふ何をかしけれ

黒皮のゴンドラ、約束なき町などテレビにみつつ食す冬苺

一生《ひとよ》はも一日《ひとひ》のごとく伸びちぢむけさの餅《もちひ》に障りあらすな

天井裏に鼠もをらず空間をひたすら肥ゆる猫にしもあらね

ニューイヤーコンサートなる春のこゑされば劇しく雪の降るらん

眠られず夜を腹ばふ暗転とおもひのほかのこゑを聞くべく

三がにち雪降りつづくしんしんと懊悩なども革まりつつ

枕カバーも摩りきれることのある、　ハイネが命終も越えにけり

新雪にながき尾を曳く履迹《くつあと》の　彗星と呼ばれしこともなく

朝もよし危険思想も老いぬれば固陋につつ新聞はよまず

おそるおそる茶をすするわが転轍機あやふかりけむけさの誤作動

病院より連れてもどりしさざんくわがワンカップの瓶に年越しぬ

一片《ひとひら》づつはなびらが散るさざんくわと教へてくれし人も逝きにき

高き階をあふぐと雪は森森と深山に降るかとふと惑ふなり

雪の上に紅さざんくわの隠しぶみ古式を愛すわれらが一味

やみくもに雪をすくはむ意ひなど湧きて周囲《あたり》を見まはしたり

正月の四日にやうやうあらはれし青照姫の涙ぐましも

きまぐれに降りたちし家具売り場にて汚《けが》れをしらぬ椅子に凭れつ

天《そら》の井戸

土のへの遊びのゆめかガラス玉の穴に落ちたりゆくへ知れずも

嘆声のどこより出でむふたたびと思はぬひとに逢ふふしぎあり

一切はこころの中《うち》にあるとして駅にふしぎな階段がある

星星は天上の孔《あな》とをしへしか教師となりし午睡の夢に

米すくふ手もと零《こぼ》れつ寒き床にすばる生《あ》れたりと思ふ昼暗《ひるやみ》

風を吹く神の貧血　ボッティチェリの「春」花冷えにしも消たるかな

天井の節穴などもおもへれば就《な》るあてのなき哀しみかして

涸れ井戸に落ちたるは星と木の実、季節とうた声の他にも

よびかはす輪唱のこゑうしろより冬の林がきき耳を聳《た》つ

五声部のこゑがまじはる奇跡さへパレストリーナ　朔風の中《なか》

バレリーナ壁にかかれる、鳥ならず人にもあらず爪立ちのまま

羽撃きはよるの邃みに片脚のきかぬインコが踏みはづすらし

白亜紀

眼が怖いからとさかなを嫌ふ子の夕餉に目をとづる魚《うを》あらば

残したるさかなは往生できぬなど子はさまざま親の言《こと》をきく

切り身を瞥るのみにてその真姿《すがた》をしらざる銀鮭《メロー》　ちちが好物

うまれたくて生まれたんじやないなどと谺のやうなことを言ふなり

夜を裂く爆音の騎者きえゆくは　針葉樹林、峡湾《フィヨルド》の崖

白墨をひける機影のしづけさはメタセコイアの錐の彼方に

呵《わら》ふごときこゑもて啼ける水禽の去ににけらしもかかる寞しさ

晩きおそき年になりてフランクが作りしソナタ　やよひ淡雪

いたぶりて鳥かけゆける体力の　嵐、黒雲かひなきごとし

『世界の終り』『歴史の終り』をりをりに書名にみゆれ何の風靡ぞ

映像のおぼつかなくも朱鷺《とき》の雛の生れ出づるなり明日を生きなむ

雛に餌をやりつつ朱鷺《とき》のあかねさす仮面のごとき眸《め》の瞬かず

こんなにうす暗い世界だつたかと、テレビ放送半世紀とよ

大気汚染よりもはやくとほくとぶ空想を蝕む霧のマンモス

白《はく》テレヴィといふ語　葛原妙子の発明なりや耳に憑きたる

一万年後のある黄昏にまたテレビをつけたままで寝てゐる

なのみの春

鏞色のこぞの落葉にこつそりとなのみの春の日は射してをり

あらぬ世の春を生むとふ彼の声を聞きしばかりにはや翳りたれ

そなふれば深奥《おく》まで桃のはなざかり瞑《ねむ》れる人の誕生日とて

聖バレンタイン祭なる誕生日　由無きことの善きことならむ

母が書の「桃李成蹊」幻の径をたどりて行きつくべしや

窓掛けが半ばかくせる遠世空　季《とき》のめぐりの手品めかさむ

交響詩をへて起ちたるみづいろのハープ奏者の裾ゆれやまず

エルガーの愛犬の名を思ひ出だせず　聴きつつ寝ぬるその名の曲

馳せゆきしかの爆音もおそれむや象《かたち》おぼろに春の夜降ち

今日にあけて昨日ににずと唱ひしかあの鳩むれのなかの白鳩

みんな帽子を被つてと紫陽花の芽を見《しめ》ししは　妖精が母

かみのけ座はるの畔《ほとり》になびかへば天《そら》のむすめと相見《まみ》ゆべし

思ひ出は脳髄《なづき》に録すものならずとよ　降るとしもなき忘れ雪

花にあはずたつ水鳥の感官にさびしき市《まち》の方位の記憶

花片

春色《しゅんしょく》の欠けやまざるも一片《ひとひら》のはなびらがレンズに纏はりつ

シャッターを手ぶりでたのみし失聴の二人か花の下《もと》に寄りそふ

幸福の影かゐまへる黒枠のそとに惑ひてボタンを押しぬ

古の皇女《ひめみこ》のかほ知らざればけにもあしびの馥《かをり》ゆかしよ

千年の痼疾と云ひし人はおきて春を見放くる衛星かあらむ

レース編みいまもつづけむ人のゐて地《つち》にちり敷くさくら花びら

一周忌三回忌七回忌……十進法などはもうまにあはず

そらごとの学問なのか風の音の『遠野物語』くるくるまはれ

飲食《おんじき》ののちのうれへも浅葱幕を抽きたるごとく咲きつづくらむ

いね植う

起こされし田をみてもどる鬱勃の脳《なづき》にありて夜を寝ねざらむ

散れる花びらももろとも　神ならば〈田の畔《あ》を毀《はな》ち、溝を埋みつる〉

田うゑせる記憶のなかの人をりぬ機械のあます隅にいね植う

肢ぬきて畔にあがれる鴉はもひとめける　髪黒きちちはは

寓話

翔ちさりしもののけぶらひ閑かにひかる　四月の水辺で何の咄

墓地へつづく畑に女の屈みをり春日のなかへ何か播くらし

ジャガ薯の陰部のごとき芽をかきつ手に負へぬ子につくれるシチュウ

ランドセルあまり大きなこくごさんすうりかしやくわい、みんな初もの

なぜサイレンなのかともかくもそれを合図に高校野球はじまれ

「健康」を「ますらを」とよむ千年の蟻のやうなるルビの荒びや

家族らは居眠りテレビが宣伝せるときじくのかくのこのみ

穢れなき悪としてけさ三名の処刑が行なはれたるを報ふ

ゴーギャンの『アヴァン・エ・アプレ』手にとるも久方ぶりに何故《なにゆゑ》ならむ

「苦しみもしたが楽しみもしたのだ」と書けり、真実《まこと》ならずともよく

君がきちがひになると案じきとよ自らをさし措いてゴッホは

沢庵もろくに切れざる庖丁の一念おそろしわが指《および》きる

貴人《あてびと》を礼むゲーテをとがめきとベートーベンが逸話なりけむ

毒杯を仰ぎける彼の哲人《ひと》の〈否〉ただ晴ればれとすることがある

〈死は前よりしも来たらず〉とか、むかし星を綴りしガルデア人《びと》よ

黒兎がきて云ふことに日神《ひのかみ》はいまに幽閉したる儘なり

かれ曰《のたま》はくつつがなき日常を照らせるアレは代用なりと

万物には魂魄《たましひ》が宿るとしてこころ擾《さわ》がし　夢の歳時記

パソコンを相手に将棋さしつつ勝つべくもなき戦《いくさ》思へり

仏飯といへど用心をおこたらぬ雀　たぐひなき罠のあらむや

震へる

独り笑ひを木の上の彼奴《きやつ》にきかれぬ驚くといへたれが心か

大音声に父が見てゐる時代劇とてもこの世のことと思はれず

本物の不発弾とて夜の店にひえびえ熟るるパパイヤ、マンゴー

くれなゐの塔に日をいれ石楠花はむかしの祭など懐かしむ

えごのきの花散る圏をよけてゆく「大渦巻《メールシュトルム》」は何処《いづへ》にある

仮想社会にゐるといふ孫よもどりこよ氷炭熱き愛のあはひへ

無常とはけしからぬとて墓石をここなと蹴りし男なりとか

何処《いづこ》にも歌はあるといへ公園の歌碑《いしぶみ》によむ「のがれきたれば」

チューリップひかりに揺れるはつかにもゆれを違へり心々《こころごころ》か

港湾にちかき空地の茫として雲雀がさけぶ　内耳《みみ》がたいへん

風鈴の鳴りやまざるも魚《うを》を下ろしをへたるあとの微細な為事

休耕田は草原になるでもなくかぜに髪を靡かせてをりし

すさまじき姿態《さま》の傘など道端のさりとて何の嘱目やらむ

映画のなかのことなれど燃ゆべけれ五十年前の夜の乳房

星芒に異状あるべし舗装路をやぶりし莠《くさ》の黒い太陽

粉雪の舞ふこともなき凍土《ツンドラ》の「シベリア」といふ菓子の断層

風の中なにを待つのか警報が鳴る踏切に列なしてたつ

さり際にぽつりと出でしひと言に震へるやうな世界とあれば

風あれど完きをたもつたんぽぽの白毛《はくまう》に聞きたきことがある

ひと吹きに飛び散りてなほ漾へり夢よりもなほ幽けきものに

笛の楽園

丈ながきカーテンがほし潭きより未明に醒めてもう眠れずは

竪笛の音《ね》をあとにしてはつなつのハルツの森へ旋《かへ》すかぜみゆ

目の奥にははそはの森　電柱に消像写真《ポートレート》など貼られし愛猫《クルミ》

「極楽鳥はどこに居るの？」はてさて子供とともにテレビに見入る

映像にみし情事《あだごと》の異様にて極楽鳥のダンスたがためと

戦慄のあとの恍惚　襲はれしガゼルの甘き眸《め》をもみたりき

ふかしぎの間《かん》のありしかうごかざる獲物の息を絶たむとぞして

ぶるぶると奮ひ出でたる理料室の奇しき水素を動力にせむ

少年老いがたく学なり易ければ手のふるへ止《や》まざりける理容師

みづからを思ひ出だせるときあると六十歳のヘルダーリンが詩

両極に引かるる均整かりそめに歩く姿の老いづきたりと

聖人は悪人なりとよ　たましひの勧誘になぜ子を連れてくる

公園の桜並木のゆれ激しいかなることかとぶらひもせず

鶴

生きてなすべきことのある蝶が来てをりぬ庭の黄楊の木の辺り

ポケットの施設よりもち帰りし鶴は母が折るとも思はれね

ヒマラヤを越えける鶴よ　吾《われ》とても砂が退《しりぞ》くゆめに目がさむ

母はさまざまのものを持ち帰りし　他人《ひと》の手袋、店の広告

亡き人もともに乗れりやたそがれの路地を施設のくるまが徊《めぐ》る

ときじきは施設の祝祭《まつり》「北国の春」が流れて斉唱になる

国会中継みつつ首肯《うなづ》くうれへある母といへども吾《あ》を笑ましめし

失語症とはいかなりや「おやすみ」と言へば「おやすみ」と応ふる人語

常人《ひと》のごとくに新聞を広げゐし奇しきを蒐むる朝の母とて

自宅《いへ》にゐて家《うち》へ帰ると言ひにしかよくあることと手引き《マニュアル》にあれ

バックせる警笛の音《ね》に思ひ出づ日の暮れどきの窓の蚊柱

ロボットにはむつかしからめ襁替《むつき》ふる気をつくべきその配りなど

海　馬

何のためかはしらず受診日とて常人《ひと》ならぬ母に装はせしか

間違へずに母が応へしことのほかは無用の問ひであつたのだらう

褪色のゴッホのひまはり何ゆゑか採血室に掛けられてあり

器官ごとに専門医のあらはれてははそはの身を計らひたまひし

上階の展望室にだれもゐぬ、遠海がみえ街がよこたふる

屋上庭園に人影のみえてなかぞらの草取るもふしぎなれ

屋上のコンクリートに生えし草　地上をはつか離るといへど

黯《くろ》ぐろと光を吸へるひとところ床に空調の水か流れて

大声で呼ばねばならぬ空間のきはまりに啼く鴉かしらん

中庭に翔ちたる鳩の一団は朝のふだんの巡回のごとし

雲居なすこころも知らず衛兵の交代のごとき日々の儀式《ならはし》

病棟の屋上に階のとぎれたるは不思議なことにあらなくに

病める人にかくやさしかる食堂の薄味料理　魂のために

高窓にクレーンの腕のびきたり海の弧あれば不安に思はず

母の海馬ふいに駆けりて吾がシャツのそでを引きしは替へよとなり

産まれくる子は満ち潮に赴《ゆ》くといふ死にゆくものは何に向かはう

眠りゐる母をのこして点滅のエレベーターは地上につくも

何ならむ明るさゆゑに来しものよ　この初夏《はつなつ》にかへすべきもの

いつの日に撮りしか白きブラウスの骨太くみゆる遺影のひと

六月のすずろ寒きにうすものをかけてやりたき現身《うつしみ》はなく

木耳

さうあれは何年前のと言ひかけて山杉群にかこまれゐたり

魚が焼けるあひだのそこに佇ちて何ごとか考へてゐるらし

人には自分でないものになりたき病気《やまひ》があるとハイネは言へり

我なりやわれならずとも市《いち》の日のスーパーの有象無象にまぎれ

四海同胞の舗《みせ》ならむとも蛸よモーリタニアといふのはどこか

採つてきた木耳をどうしたものか誰もをしへてはくれぬ　良寛

「あかず食《を》せ」とのみにて誰が作りしものとも知れざるあの大根《おほね》は

ゆるびたる蛇口のごとく用もなき勧誘電話ながながと聞く

やうやうに亡き者一人《いちにん》もつ家となりて何かは変はらざるべき

やまかははとうに時空の果《はて》を流れて　テレビが昨夜《ゆふべ》ふと洩らしたる

翅音なくハイブリッドの蚊が吾《われ》のなやましき血を求《と》むゆめならず

身にあまる青葉ゆらせりちひさなる欅の鉢を隠さむほどの

毛虫やら落葉やらとうとまれし林檎樹伐られ日が照るむかひ

夏は睡つてすごすとか夢の間のクリスマスローズ樹蔭にやりぬ

病めるもの看とるものなく地下道をぬけゆくごとく風が渡れる

ボールのなかの浅蜊がひゆうと音たつ　おい、と居らざるものを呼びたて

異国

水なきがごとく透明　鱒の影さみしらにフィッシャーディスカウ死す

しろがねの光をはなつ音盤《ディスク》さへなつの朝　ひそやかに冬の旅

日付入りのアルバムになく私《ひそ》かなれ祝はれもせぬ旅立ちいくつ

微睡より醒めしをりしもゆくりなく車窓を過ぎしばかりの山河

仕切りのむかう微笑《ゑみ》ばかり見てをりぬ銀行の窓口の妖術

こともなく負ぶさりし子がみもしらぬわが領きに応《いら》へなしけり

谷底でものぞくやうに紫陽花の蕾をたしかめをりし父よ

肖像画家といふものをらず病院の透視検査を待つ間のながし

十七かとテレビの君を目で追ひぬ未来のイブは月光《つきかげ》にて

地震《なゐ》あらばまづ倒れむに織き目をガラスケースに偶《なら》べるこけし

見もしらぬ界より啼けるすずめらに籠のインコがさも応《こた》ふなり

湖《うみ》の絵のガラスに撼く白き影は　水の精《オンディーヌ》いつかは雪になる

はまなすの臨《み》しはつなつの潮しみて静脈につよき香と棘と

「この夜が明けねばいい」恋人の、はた惨ましきもの過ぎにけむ

星辰を沈めすがしき薄明もなにも起こらずは寞《さび》しからん

水無月

口重のかみなり人を追ひやれば雨をひとりじめせり菖蒲園《あやめ》

白玉かなんぞと問はずひといきに呑み込みにけり姪の別腹

姪娘《めひつこ》が十歳《とを》は若がへるとふ泥まみれのエステ荘の噴水

前世はいかなるものぞ托卵とふ汝が功利のくまぐま映す

干し梅によき日を浴びせ月夜にも　妣がつたへし叡智なるべし

もとの場所に我をのこして心地よき髪膚《はつぷ》をはこびゆく運転手

けして来てくれるなとあなたの言へばたづぬる仔細とてなき町ぞ

ゆきずりのものにあらねば愛憎のありて列車の截る風をうく

鉄砲ゆり咲くべく晨《あさ》の　長すぎる照尺距離とたれか詠ひし

ワーゲンで来たりし僧の果果《はかばか》し「空速税式」ふしぎな経よめ

四十九日つきあひの浅ければにや遺影の咲《ゑ》まひあやふかりける

たまのをの長き一日《ひとひ》を告げをれば我が裡にはつ雪の降りくる

「新雪」とふむかしのうた流れしとき仰向きしままに声上げにしか

ほの暗《やみ》に手向けし早桃　創めてのくれなゐといふ色を為《つく》らう

由なき圀よりとどきし千本の青き菊　月光《つきかげ》の心やり

夏至の日の吉事《よごと》といふは飛機音に耳うとき父が天《そら》をみしなる

人の世の夢とはいへど眼球をなぞるがごとくゆく影おひぬ

食事

亡き者の仕業さまざま　けさ父の取りに行かざりし新聞あり

常にそこに横たへ居りしものをクッションは乱れたる儘なり

まもる目の死せる眼《まなこ》と思ふがに生を拉せしやうなるひとよ

海風《うみかぜ》の唸る火葬場恢《おほ》きなる石棺より出でこし気のせし

直らざる箸の持ちやう父の骨挟みし時のをかしくはなきか

何ゆゑかふと思ふなり比喩などといふものを父は知らざりけむ

トランクに載せようとして叱られし解りあへざるままの骨箱

忌中とふ文字いぶかしきこのはづく鳳仙花の画などはよからむ

戸をあけて寝たれば夜半に風たちが弔ひたまふおのが形振《なり》り

日蝕のありし年なり鉄漿《かね》いろの真昼の闇を父はみざりき

人の世の幸福《さいはひ》の暈《かさ》ありありしまだ明るいがひとりの夕餉

亡き人の坐さぬふしぎありありと食卓にひとりものを食ぶ

「気温上昇」のあと判読できず、はつかに謎をのこしし日記

亡き人の夢をみざるはいかなると黝《あをぐろ》き死に顔を思ひ出づ

萫にてもち帰りたる供花のゆり三日ののちに花ひらきたり

サント・ヴィクトワール山

はやすぎる遅すぎるもの映像が寸時に観する山の一年

セザンヌ伝はしり読みせり数行の父親が記事のある箇所など

母親の葬式にもゆかざりきと　潔白のサント・ヴィクトワール山
そのときに山はおのづから顕はると読みてこころは落ち着くべし
緩やかな尾根と切り立つ崖とがむすぶ山巓の白き異様なる

いくたびか描きし山のその白の野原や村の其処此処をとぶ

もしかして彷徨《さまよ》ひ出でむと言ふのならあなたが逸らす視線の彼方

「もっと世を軽蔑せよ」と諭しける老セザンヌの夜を思へる

夢うつつに夕餉ををへると六時にはもう床につきたりといふ

葦

丈たかくしげる葦むら思ほえずおよそのことは過ぎぬと言へど

よしと言ひあしとも呼べば温気たちのぼる水辺に何をか思はむ

ねむるもの眠らざるものまなかひに葦叢ながき睫そよげり

水禽《みづとり》にわが身をたぐへける式部　比ふともなき鹹湖ならずや

葦の鋭き葉のクラブサンさらさらと空《くう》をかき鳴す手足《てだり》の如し

生命《いのち》のスープを考案せしといふ料理家のゆめにも出づべかり

中空《なかぞら》に日は照りつつし未の刻　ふと沼空が井の底のうた

声もなきしらべあやふく星暦の祖母《おほば》がかたる水禍の記憶

勃たしめよ

モーツァルトを聴かせ醸したるといふ銘酒をたまふ、いざ勃《た》たしめよ

「いつまで鉄砲をみがいてゐるのか」とスタンダールの言ひしとぞ

ゆふだちのこころに徹れ　率直にのべよと人の言ひくれしはや

遮光せるくるまに誰ぞさき熾る金鶏菊の映りをりけり

家内《いへうち》の憂へを言ひていもうとの置きて帰りしフウセンカヅラ

冷房の部屋に迷ひしがんぼにもしやなんぞと言ひ合ふあはれ

歯根掘られ降りくる鉄の階段に樹木《きぎ》らの暗き貌あつまれり

ダヴィンチ伝もはや読まずもいつぺんに六本の歯を抜かねばならず

杉山より帰りこしひと何を食べても群青の血のかをり

巨人症

最初は空船《からふね》つぎに羊と鳥たちを乗せて試しきとふ　熱気球

ま青なる空にかかぐるはんのきの葉擦れのこゑが小さくきこゆ

発つとはやもどれる蜻蛉じつとしてゐると己がわからなくなる

我が家まであともう菫《すこ》しこのごろはただに南瓜とのみはおもはず

育てしおぼえなき茗荷のルソーが絵のごとき色艶をおびたり

蟻つかのやうな人膚みしのちのガリバーをおもふ　雑草《あらくさ》ひきぬ

小人国《リリパット》の宮殿の火事をみづからの小用で消しつつつがなしや

稲波の孕みてひかる帆のあらむ燃ゆる日中を茜蜻蛉《あかね》とびけり

さなきだに念《おもひ》せつなれ畑のきうり三日見ぬまの異形とやなる

今頃はいづへにありやプレアデス　蟬の森より出づる人影

人を人とも思はざるものに巨きな機構から通知がとどく

おりんぴあ

アクロポリスみずて死ぬべしあかねさす朝顔の藍の私語《ささめごと》

水平にとぶ鬼やんま地《つち》のうへ、みづの面《おもて》を健やかにせむ

黒揚羽にたくせし聖火　樹間縫ひつつ杳としてゆくべきものを

如何なりしものよと問へば檜扇を闢《ひら》いてみするおはぐろ蜻蛉

日盛りの夏田のそこゆ虫鳴けり遍く人のゆめ違ふらん

ちちははいづこにいます降るほどの白木槿が日の丸を掲げ

一瞬《ちよつと》だけ考へさせてくれと言ふ、何と賢きものかこの昆《あに》

天道の明るきまひる七星に盟ひし虫の飛びたたんとす

五と七の謎はともかく素数なる三段跳びのリズミカルなり

投身は月をめがけて水甕にあやまたずけり樫の木の蟬

現身《うつせみ》の凱歌うつくし精緻にも折りたたまれし手脚みてをり

幾日もかけて薔薇など繍《ぬ》ひ取りしながき時間をたづぬべしや

蟬骸《せみがら》を庭に抛りつ海、山のおもさといふを宜《うべな》はむとす

異教徒の祭典のごと水面に蚊の生るるさま映像に観つ

全宇宙などかろがろと持ち上ぐる常人にしてしかもアトラス

天秤棒があつたと憶ふ　弓なりに撓ふので驚いたのだらう

ワイルドの獄の湯槽に舞ひ降りし昨日の風の羽毛ならむや

無人島に正装をして夕餐をなす人の話　忘れかねたり

渺渺とよこたふる島になにやら安堵せる流人のありしか知れぬ

穂高

親不知トンネルを抜けゆけるまの俟つことあるも旅にしあらむ

はじまりは動詞なりけむ言の葉の立山《たちやま》のかげ神ながらとそ

神通川の古きつたへは鉱毒の話へつづくゆゆしかりけり

千早ふるカミオカンデの地下ふかく逸《はし》れるものを想ふしまらく

ニュートリノ遠く来たれる密けさにパンフレットのかすか音たつ

自然にかへれ生活にかへるとも　宇宙の旅のいや私《ひそ》かなれ

音楽の何にあくがる冬さらば樹のサラバンド、雪のマズルカ

木曾路なる山峡をゆく国道にたまさかすぎしサルビアの花

かくれなきたのもしさこそ絶壁の山間《やまあひ》にあらはれたれ　穂高

ふりかへるなと言ひし神はや峡谷に真夏の雪の止《とど》まりてあり

射ゆ鹿のこころを隔ついづれをかシルス・マリアの巌と呼ばむ

永劫回帰

まるい花壇なればば輪舞に参《くは》はらむゆり施《かへ》しては風のコスモス

ひとしれぬ故里のあれ我が庭になき黄葉も散りゐる朝《あした》

来し道のはたと途中はぬけおちて心の時間《とき》にか通へるらし

停止せる車によりくる赤とんぼラジオのこゑが秋ですと言ふ

止揚とはかかるものかとラジオより「ひるの憩ひ」のテーマ曲流れ

懐かしき未来とあればおもひでの捜世記いつか録したらむ

十階の窓に群れなしるたりしがあかね蜻蛉《あきつ》は上にゆくらし

擁くべき禾《いね》も苅られしときじき風のもう苛み合ふこともない

美しき幾日《いくか》かあるとゴッホ言ひける　けふ西風のあすの凩

穂すすきの白毫のごと煌くも秋日がなせるよぎなき術《すべ》か

玉かぎるかかる遊びもはたすすきホイジンガの余白にくはへむ

いつのまに野にひろごれる背高泡立草のこゑは聞こえず

にはとりの鳴くまで待てば午影あるペット店《や》の娘の訝りぬ

いつのことやらむ岬を棚なし小舟《をぶね》の往き隠れきと云ふのは

運動場を周《まは》れる子らを見しのみに密かにありし時のめぐりの
在りし家の記憶さらでも失せたり鉄線をめぐらせる更地に

誰もゐない海

中央林間とふ駅で降りよと娘がくれし地図見あたらず

秋よりなにを愉みしや「誰もゐない海」娘の携帯に鳴る

二幕目は鬱蒼と森　妖精に化けし孫娘が晴れ舞台

卓上にビールの空壜のたてりうら淋しきや直立の時

高窓に経路なきときながれゐむ絵の中を小さなバスがすすむ

果たしえぬ約束なればことごとく客を降ろせるバスに月人《つきひと》

海のおと山の音にもなりかはるハイウェイにしてかかる節《ふし》あり

一瞬に飛びさる文字のかかはりなきかインターチェンジを過ぎにたらむ

からまつの雨

晴れたらばこんなにと写真を見せられし朝霧けむる池に佇む

鏡池　鏡とならむあしたこそ汝が裏《うち》なる世界をおもへ

雪の上《うへ》にからまつの散れるはめづらしと見せてくれし写真もあり

傘をさせばあるかなきかのひそやかな音のするのか　からまつの雨

人懐こく話しかけくる小屋の夫婦のさびしき時間《とき》をふと想ひをり

戸隠の社にむかふ暗道《くらみち》のながければなほ懐ひ出の時間

老い目を瞬かせみればつづら折りの鬼無里にむかふ道にあるらし

薬草園

「散策の森」とよ、みしらぬ樹のもとに名札の倒れゐる好ましさ

クマ出没の注意書あれどヒトとよみかくる森のしづけさ

森の母と呼ぶ国のある山毛欅《ぶな》の樹のもみぢしたるをまた瞻《み》るならん

あきのきりん草はちひさけれ背高泡立草にはかなはぬか

黄葉にひかりを蒐め退《の》くやうなそらをみつつも恃まむかな

木の間よりもれる日光《ひかげ》のうつろひは野菊うすむらさきの上《へ》にある

愛の欠片と言ふほどのこともなく掌《て》の形せる葉が肩におつ

安息のごとく累なる落葉《らくえふ》にまよひかねたる朴の大葉も

薬草園はおちばに埋もれ母の病みし心臓に効く草とふはどれ

うち累なる落ち葉　何の便《よすが》にかちりぢりの耳の如きを踏みつけ

枯葉は音を立つるものとさらさら人に語るべきことにあらず

嗚呼《ああ》となくそこな鳥のみづからは森の胸腔《うつほ》なる瞑想あれや

遠　街

警笛の遠音のすなる耳底の遠街《をんがい》のバスはよく鳴きにけり

落ち葉ふむ歩みのままに雑踏へ　快《たの》しかるべし都市の散歩の

「北面《ノースフェイス》」のロゴある上着　街中をゆく山男にまた逢はうよ

愛は行動なりとぞ並木より離《か》れし落葉がひとを追ひかく

行動は生活にあらずとはまた黄金《こがね》いろの葉の言ひけるか

新しき樹の幻想《まぼろし》やみづからの周囲《めぐり》に敷ける葉が渦巻くも

おぼおぼと己が周囲《めぐり》を生きてゐるただけのやうな気がしてならぬと

桂の閃くやうなるむらさきのたそがれにゐて啼く鶸の家

今はまた彼のものにとへ人生に戦ぐなきその慄へる思ひ

病院の灯がつきひとの手に提ぐる虫籠ほどにみゆる対岸

川

川沿ひの帰るさにふとすれ違ひしをんなが何か呟きしと

大橋を渡り通へるいくたびか日課のごとく紛れたらむも

顫ふごと川面にしづく町の灯のひとつだにふと流れてもこよ

「人はただ指されしものを知るのみ」と、何に書かれてありしものか

さ庭べのときは木ながらさやさやと風も熄みぬと思ふをりふし

思ひがけぬ言といへども呆《ほう》としてひとの話を聴いてゐるやら
「流れる」といふ題名なればときのまも旧《ふる》き映画に川の映りて
映像の川面をうつすつかのまに少女は女になりたるらし

蒸発せし泪　おもはぬ時に出づれば怡《たの》しきことのあらんや

しじみ汁ときをのむがに青白き老い眼をあいて何をか飲みける

橋際より下をみしなど何ごとやただ一度《いちど》の記憶のやうなれ

千早ふる神代もきかずと口に出でていづれの川か耳を清まさむ

銀河よりなほ邃き川なるべしと夜深の寝覚めのつねにかして

イヤホンのはづれし耳が魘さるるききおぼえある遊星の唄

人声のたえてひさしき朝どりは何鳥とおもふ声《ね》に啼くものの

＊

曳き船のさきに世界をむすぶべくほうと蒸気のおとをつたへて

ひとり遊び

天つたふひとり遊びぞ公園の落ち葉のなかの空《から》の遊具ら

冬囲ひ愛《やさ》しきことを父がせしさまになせれど縛囚《とらはれ》のやう

昼の灯をほりせむをりと薄ひかるものとなりたり秋明の菊

起きてけふ何なさんともなく居《を》るはむなしきものと妣が諭《いまし》め

信心はなき人にして灯穂のたちまちのぶる　妣の咲《ゑ》まひや

忠実《まめ》やかなものにもあると遠雷に独り笑みせりあすの小雪《せうせつ》

天上に目の追ふかぎり大群の羊があらはれ犬も見上げし

何の夜か鼠のごとく蓄《ふえ》ゆきし胎蔵界の悪夢まんだら

喪中葉書とぶやうに来つ雪雲の一ひらとひと知れず喪のうち

さかしまに高速道を走りける逆白波のことをも問はな

乱視なる父が眼鏡の出でこし白日《まひる》かけてみむことを怖るる

思ひがけなきところより出づるものにて歌集つきかげの失せたり

冬がたり

雪ふらばもう表では遊べない、おや妖精のお迎へらしい

月神《つくよみ》のつたへ少なし盈虚《みちかけ》をよそにながめて父は寂びたり

心なきことや心にもなきこと昏昏として空《から》たちばなし

我が敵のいづへにありや北風の路地をめぐるも国ぶりに似む

「むかしあるところに」といへば童べの物語さへ慴《おそ》ろしげなり

ズロチとはどこの貨幣ぞ宵越しの銭はもたぬとたのもしき甥

曾良は為替をうけとりに走りつつユダのこころをもたざる愉楽

背教の言《こと》にはあらね「たまきはるこの世ある間の楽しくをあらな」

『詩と真実』反意語《アントニム》とてあらはししか　かの異教徒の神を思へば

光ありき否言葉ありき　草創よりなほ円寂の気がかりなる

神々の誰もつたへぬ噂など夜話《よばなし》をせむ薪をくべよう

追放《やら》はれし者たまのをの長き夜にみづから悔ゆることのあらむや

杣人となりてのちの日　風説の伝ふることの耳に昵《した》しき

ごうすと

シベリウスひえびえとしてみづうみのかの白鳥も帰りたるべし

けれども、といふ貝寄風《かひよせ》のひとことに大氷解の始まるらしき

もろもろの声の媾《まじ》はる海口の倉庫で夜を明かす「風土《テロワール》」

フリージア虚《そら》の口よりあれいづる空也仏の連なりに消て

節分のゆふべを帰る隧道《トンネル》のこまかき鋳をしらべゐし人

鬼むかへはた鬼やらひ国道の灯火はてなき夜を急げり

誰がための春の祭典　空《くう》をゆくカーステレオの鼓動はげしき

バルザックになりそこねたる雪塊の一トンの煤色しやうもなし

美顔液、万能鋏、青い汁……恍惚として光の市場

再生の耳もて聴かむおとのせぬ暁フォーレの「夢のあとに」

デフレとはいかなることか高揚も滅亡論も遼かなりける

死んでみてはつきりしたと慧《あきら》けき人のさらにも夢に顕ちけり

歌はごうすとと謂ひし人よいちはやしわれらに薄き液晶ひかる

夜ふけ異形のものら聚まり口ぐちに人文の神をこき下ろしけり

不整脈がどうも頻繁でね、とくにあの「学」といふ字を見ただけで
僕のやうなものでさへも近年はめつきりと衰へを感ずる
思ひ出してもすぐに忘れるが、何だつけニーチェの「反感」とかいふ

道徳に怯ゆるものよ庭鳥が鳴くころだ消えてもよからう

ハードボイルドは味気なく秋成が『樊噲』ときに無聊をなぐさむ

宣長を芭蕉を嘲りし人よ　黄金《こがね》虫にでも嚙まれたのか

巨大なる太陽を描きし子よ　みえざる手をかしたのは誰か

吾が耳離《か》れず

梓弓はるの山ぶみ爪音は身をそりて聴くかたくりならむ

山上に鎮まる風かかよひつつほかの何処《どこ》へも行くふうはない

時がいやすと誰か言ひけむ永遠《とこしへ》もあしたも直《ただ》に、我がダナイード

ぎふ蝶の夜を闢《ひら》きてはるの山めぐりゆけるは淋しかるらめ

かの室《へや》に漏れにし声もかへりこよ窓に射す日の余りあること

十階の窓からとほく海、山が見え何もかも揃つてゐるといふ

ＳＬの叫《おら》び深夜のラジオより声と化したるものにほかなき

何ものかそそのかすらん真夜中のラジオ番組「音の風景」

風のせゐといくど言ひても呼ばはりし惚《ほ》けたる声の吾が耳離《か》れず

スペインの雨

春の陽にあらはるる塵叩きふるふわれ蒼白の騎士のごときか
障子いちまい破らぬやうあまつさへいやな影など映らぬやうに

『オルフェウス』よみて奮へり耳順なる吾《われ》が耳にも傷みあれかし

すずらんの二つ三つ咲く狭庭べをひと夜をこめて嵐すぎけり

いかな佳き日にあはむ今朝のラジオに流れてをりし「スペインの雨」

銀色の春のひかりをのむ馬の嘶きすなり　朝の雨音

齢かたぶきすぎて従者は影のみの　あの青屋根のホテル「夕月」

詩人らの命数つきてうつつにも昨夜テレビで観たる〈乾ける地《ラ・マンチャ》〉

駆者憤死　空《から》の鞍負ひ日の暮れをひとりで帰りこし種馬《スタリオン》

献身

子とともに孔雀を見たりゆくへなく彰《た》ちたるものの様《さま》にあらずも

園の外れは馬場なりや清清とみしらぬ女《ひと》の手綱引きをり

肩よりふかき手提《かばん》を吊せる子の背中の影が小さくみえし

パサージュとやあらざる馬脚映像にみしも夢にか現はるべけむ

馬術部の馬がひとりでに歩み出でたりと　遠き講堂より見しか

あはれとも「翼なす」とはホメロスが飾り辞とも思はざる

〈彫像の吐息、絵のもつしじま〉とリルケの言へる　詩型の夢に

山わらふと言へば両耳を聳《た》つる　神馬といへど嬀《はは》をわすれぬ

ゆりの木のひと本喬きを仰ぎみぬ命の樹とやいつか呼ぶべき

越後獅子とんぼがへりの儚きに椿がくるりと落ちたといふ

晩禱のごとく居ならぶむくどりの待つ刻《とき》あらば想ひ出ににむ

何のためであらうと映像の皇帝ペンギンの長き行進

秘めごと

風景の他《よそ》なる海のひねもすを窓によこたふ　たらちねの妣

亡き母の一期を駆けてとどきたるひかりと思へ獅《し》子《し》座の心臓《レグルス》

片翳るテニスコートの昼中を嬉々たるかなや往き来する球

鳩たちが知つてゐること朝まだきビルはそろつて直立をなほす

労れをしらぬ目のためにシースルーエレベーターで辻が花展へ

悲しき伝説のあるとふ沼の絵　ひかりは吸はるるやうなりき

星峠　棚田の田植ゑをへたりと朝刊の黯闇《くらやみ》がかぜよぶ

つゆの霽れま未来の生徒がよみとばす数行の歴史の真清《ますみ》みゆ

百倍の望遠でみる長脛に逃げさる男星《をぼし》　わがむね焦し

星になるといへ風になるといへど霧が恋しいみなづきの鬱

畑のむかうたちあふひのはな群立ちて生まれ来ぬものの塋の如し

いづれにもみえぬ半球あぢさゐの闇にしづめるよるのむらさき

あかるい挫折ににて午睡より覚む　たちさりもせず何の影かは

気がむけばふいに偉業にとりかかる昼月ほどにかそけき脛《すね》よ

余生などあるものならば何せむや貴女《あなた》の知らぬあなたに逢はう

初耳の祈りごとなれ　まなかひに建立のうはさある寺院へ

嗜眠

象潟は島の跡形　ひるふけし海のひかりの寄することなき

鳥海山の翼広ごるありあまるものの随なる昼臥しににて

正一位をたまはりし御神体の脚あげあゆむ広間かあらむ

荒神《あらがみ》もまた神なりと言ひはてて大き余白に入りし祖父《おほちち》

「おまへの好きにするがいい」少年の自在はかなし狐の剃刀

穢れなき樹下に逢ひける八月の雪にふれしや銀竜草は

昼の星さやげる峪に眠らざれあたらしき星宿を迷へり

発電の風車がまはる山ろくに飲み忘れたる不整脈薬

汝のすること我もしてみむ雨後にして橅の大木に耳をあてなど

かさこそと足音すらもひとりごつ夜より清しきひるの夢なれ

樹のやうにありたしと言ふあやふかる視線をはるか眼下にやりて

夏虫のすぎて秋虫　岐道に木漏れ日たえたる谷を下れり

産卵を遂げてたちまち逝くものへあやふく零《ゼロ》にちかづく分母

月明かりに生まれたるものその翅の乾くまでじつとして居らむ

虫の声《ね》は眠れるものの交はりと　邯鄲、あれは最終のバス

黒髪、もすそ、身にあまるものたえて夜の公園に萩をたづねよ

やまひこ

鹿の目の土曜の穹《そら》の不安にもせんべいをさし出せば近よる

なだらかな登山道にも根を張りて杉の大木《おほき》のおのれ神さぶ

木の葉にもあらざる大き音のして朴の一葉が落ちてはきたり

追ひ越してゆきし女児《こども》の挨拶のかはらぬ声が上より聞こゆ

けものの臭ひの充ちてゐる気がする山が臭ふと言ふことありや

誰かが剝きし夏みかんの精に山上昼食　気を奪はれし

山頂の社のめぐり赤とんぼの群れは昇つてきたかそれとも

今うみひこ号とすれちがひますとロープウェーのガイドが言へば

定刻にゆきかふ機械と　やまひこ号にうみひこ号ちかづく
海底のはるか紅楼うつつにもあなにちひさき大鳥居みゆ

白菊

めづらしき姿《かたち》の花も幽鬱の杜にあつまりたり　菊花展

ひと本の茎より生えむ圜丘のはなの経緯にめぐり逢ふべし

大輪の菊花の列びゆくゆくとおぼつかなくも見ゆる人影

岩肌に血管のごとき根をははせ菊の古木をつくる人あり

ひともとの花にも逢はむ晩秋のかくおびただしき数の悩殺

五人切はなばなしけれしかすがにわれらに何の狂言あらむ

ここだくの花弁のやうな雲がゆく霜月尽のひとしれぬ喪に

戦没者の慰霊のためといつよりか師走八日の花火「白菊」

臘月の喪服にこそはふさふなれ「白菊」の骨かのひとに捧ぐ

冬の夜の花火「白菊」朝刊に刷らるるまへに氷の白粉《パフ》

後朝《きぬぎぬ》の花火「白菊」黒闇《くらやみ》の写真のうちを朧たけたらむ

もつと自在にと言ひなしし人のこと亡き後《あと》にてしきりに思ほゆ

ムネモシュネ記憶の女神　現はると思ふほどなく立ち去るべしや

雪がくる前のしづけさ金曜の巨き欅に近づくまじき

上空は氷点下なれ奥山にやさしきわざをなす鬼神《かみ》がゐむ

あくがれ出づる

こんなにも降りくる雪を家辻の防犯灯が照らして居りぬ

うつつなく夜の厠にたちて居りあくがれ出づるものにあらなく

母の母なる人の写真はあれどもその上《うへ》のことは知らざり

このごろは吠えざる犬の声せるは隣家のけさを誰かとふらし

何人《なんびと》の家族かしらん朝なさな三人がひとの形《なり》で出でゆく

人形の明日をしらず廓ふかき町家に棲むなり　小春やおなつ

魔がさすといふたまゆらに魅入られし近松は猫など飼ひけむや

「人遣ひをまなばねば」とあるときの上司、国宝のごとき目をせし

怨霊のあくがれ出づる「なうなう」と旅人などを引き止《とど》むなり

山姥があごの顫へるしぐさ妣に消たれば涙を抑へがたし

見はれたる次第をかたれ女房の言ひ草めくもあはれなるかな

いかなる苦労も厭ひませんなどと夢にきて吾がつゝは言ふなり

あとがき

日毎の月の形だけを表示してある変わった暦を人からもらったことがあった。春分、冬至などという記載はあったろうか、何しろ、ほかに予定など書き込むスペースはなかった。遠目でみるとアートのようにも見え、いったいどういう人がこんな暦を需めるものかと思ったものだ。しかし掛けているうちにだんだんそれは、曼荼羅のような、何やら非在の力を恃む護符のようにも思えてきて、ようやく私にもその用途なるものが分かりかけてきたのだが、都会の片隅にはあんがいと月神の隠れた信奉者がいるのかもしれない。ハイネの『流謫の神々』という忘れがたい話などを思い出す。

短歌は五十歳をすぎてから始めたが、むろんそう長い経験があるとは言えないし、そうしたことは言わずとも、熟練した人の目には自ずと判るのだろう。短歌は私小説であるという説があるらしいが、それはもとより人生や生活、思想などを容れるに足る器ではないにしろ、それこそ真如、赤裸々な、身も世もないものかと思うふしもある。人の口からふと洩れた思いがけぬ一言に、どきりとするようなことかもしれない。

昔の歌人が「かなし」とか「さびし」という一語を使うことにいかに慎重だったか、というような話はなんだかけどおい気がするが、それはむろん修辞上のことなのだろうと思う。けれども、どうもただそれだけではないような気がするから、なかなか面倒なのだ。

それは、人の心の中でもいちばん深い層にある言葉のようだが、意外なことに、「かなしい」にしろ「さびしい」にしろ、私は実際にそれが人の口から漏れるのを聞いたことがないようである。何とも浅はかな人生を送ってきたものか。あるいは、相聞というのは書信のやりとりであって、面と向かっては言葉以上にものを言うものがあるということかとも思う。それにしても、黙って居ればよい時に、何とまた口というものは頼りがいのあるものだろう。「人恋はば人あやむるこころ」などに鼓舞されつつも、何食わぬ顔でやりすごす在りようもようやくこの歳になって判りかけてきたようだが、いまさらそんな徳が何の役に立つのだろうか。いや、今頃になって無用の用をなす時がきたのかもしれない。

老二人《おいふたり》ひそかに生きて笑ふこと少なかれども涙はあらず　　窪田空穂

この老夫婦には、どれほど長い寡黙な時間が流れただろう。生きている間にそうした時を持ちえたのは、やはり歌の徳なのだろうか。

私などは、どこか物陰からじっとこちらを案じみている、たえて日の目を見ることがない、「かなしい」「さびしい」言葉の、親霊《おやだま》のようなものの存在が気がかりなばかりである。ながく深海のような所に棲みなれているものだから、とうに視覚は失くしているらしいが。

若い時にはなぜか詩歌などにはあまり関心がなかった。今頃になって歌など始めたのは、ソクラテスではないけれども、何か気づくことがあったのかもしれない。早い話が、自責の念である。

考えてみると、私が無関心だったのは、必ずしも詩歌ばかりではないようだ。世の中の変化は希薄だったのか、なにしろ急速だったにちがいない。たしか私の生まれた翌年にテレビの本放送が始まったと聞いている。歌壇の巨星がふたり没しているが、何か影の薄くなるようなことがあったのか？　情報化というものは人の挙動にどのような思いがけぬ変化をもたらしたか、（柳田國男の『涕泣史談』の中に、「ちかごろ人前で泣いている人間を見なくなった」とあって驚いたものだが）、いつかそうした自らの時代のことも考えてみねばと思いながら、ついうっかり時をやり過ごしてしまった。

かけがえのないものであるはずの貴方の恋人でさえ、ただ一度《ひとたび》の時といえども（いつどこでとは言えないが、たぶん思いがけぬところで知らぬ間に）、差し替え可能なものになっているのではあるまいか。ワルター・ベンヤミンが謂うところの「アウラ」を失っているのかもしれぬ。いや知らないと言いながらもやはり口先だけはよく回るというのも、これもおそらく時代の特徴なのだろう。何もかも時代のせいにするのもどうかと思うので、生来私は、身の周りのことにあまり注意深い方ではないようだ。

リルケがすばらしいビジョンをもって書いている。動物の目は開かれた界を観ているのに、われわれ人間の目だけがこの閉ざされた「世界」の方に向けられていると。つまりたえず管理され、名指しされ、意味を求められる「世界」に。子供は生れ落ちるとすぐ「世界」に目を向けさせられ、以後はもう見るのはこの「世界」だけ。それだけで頭がはちきれんばかりになって、人生の終りをむかえる。ついに生涯一度も、花がそこに向かって開いているあちらの界を、くるりと振り返って見ることもない。

この詩人は我が国ではとくに好まれているようだが、何かわかるような気がする。表に鳥の啼きしきる昼間、ぬるい湯につかりながら私が読んでいるのは、遍くこちらの世界の詩ではないのだが、ならば私は、くるりと振り返って見るとして、あちらの世界は果たしてどの辺りにあるのか？　そう遠くないところにあるはずの「春」は？　近所の小さな畑に毎日姿を見せていた老人が、このごろ姿を見せぬと思っていたら、一日で駐車場になってしまった。

むかし書店の奥の古典文庫の棚の前で、とつぜん不思議な孤独感に襲われたことがあったが、ちかごろは長時間文字を追うことに神経が耐えない。『老人力』という妙な書名が新聞の広告にあったが、何しろ奇妙なことには心惹かれるのである。最近は「老い」という文字がよく目につくようだ。人生の淵に向かっているこの者らにこそ為しうる、何か思いがけないことが期たれているのだろうか。部族の長老というのは、何しろ町内会長などとわけがちがうだろうし、彼の顎の顫動は、薬の副作用などではないはずである。

耳順の齢もすぎたものが、詩だの何だのと、なにを言っているのかと思われるだろうが、それならいったい、だれがそれを読むのだろう？

これはなかなか気のきいた問いに思える。いや、もういいかげんでやめにしよう。お喋りを止められぬのもやはり心の迷いである。或る人が、もっと素直に述べてはどうかと忠告してくれたことがあるが、歌というものはどうもそういうものらしい。

熊村　良雄

出版に際して懇切なご配慮を頂いた青磁社の永田淳氏、装幀をして頂いた濱崎実幸氏に心より御礼を申し上げます。

二〇一六年五月

歌集 月齢暦《げつれいごよみ》

初版発行日 二〇一六年七月十五日
著 者 熊村良雄
新潟市中央区神道寺南一—一二—一八 小熊洋一方
（〒九五〇—〇九八六）
定 価 二五〇〇円
発行者 永田 淳
発行所 青磁社
京都市北区上賀茂豊田町四〇—一 （〒六〇三—八〇四五）
電話 〇七五—七〇五—二八三八
振替 〇〇九四〇—二—一二四二二四
http://www3.osk.3web.ne.jp/~seijisya/
装 幀 濱崎実幸
印刷・製本 創栄図書印刷

ISBN978-4-86198-343-6 C0092 ¥2500E

歌集

月齢暦

熊村良雄

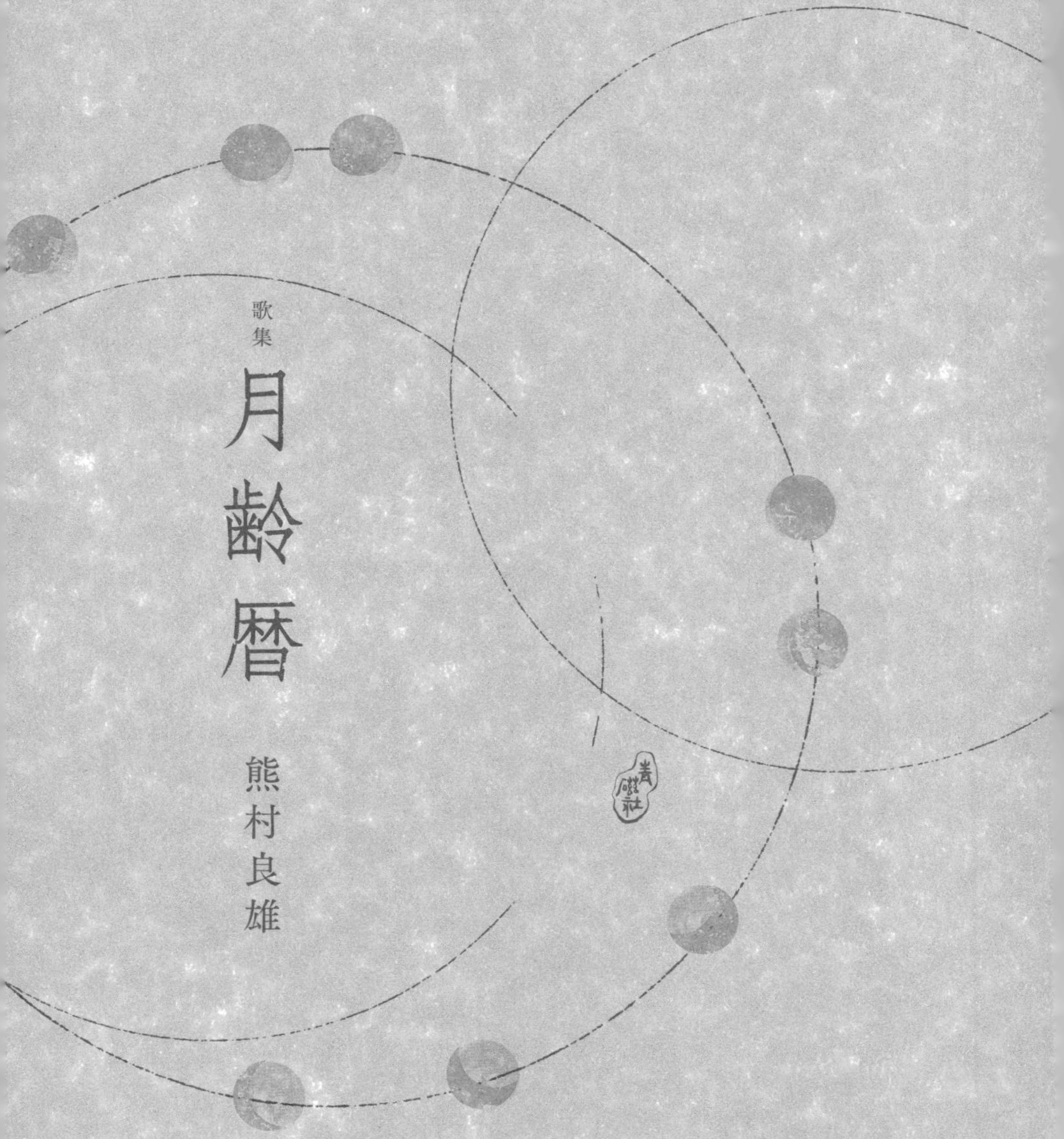

青磁社